JN143422

あゝ疎開船
命拾われ今ありて

与儀喜裕
Yoshihiro Yogi

新星出版

はじめに

私たちが生まれた昭和初期には、五・一五事件、たて続けに二・二六事件という一部の軍人による反乱があり、また外では満洲事変・支那事変といった侵略戦争に始まり、ついに第二次大戦にまで拡大していった。他方ヨーロッパでは第一次大戦が契機になりナチス・ドイツの台頭を促し、あの悲惨なホロコーストのような人民虐殺を起こした。二十世紀前半は、まさに戦争の世紀とも言える。

私が小学校二年生の昭和十六年十二月八日の朝、ラジオから臨時ニュースが流れた。『大本営発表、本日未明西太平洋方面にて、米英軍と戦闘状態に入れり』突然の報道に愕然となった。初戦しばらくはシンガポール、石油産油国のジャワ、スマトラ、ボルネオを陥落させて連戦連勝と快進撃が続いた。ガダルカナルの戦を頂点にして、以後は一進一退と不利な戦局を強いられた。昭和十九年頃になると、いたる所で制海権、制空権を相手国に奪われ、物資を輸送する船舶が潜水艦に狙われ安全な航行が極めて困難になっていた。そんな時、緊急疎開命令を受け、薄氷を踏む思いで命からがら、九州に辿り着き命拾いした事は生涯忘れることが出来ない。

熊本の人吉では、私は*小学校の十四歳で、本土決戦に備えての防空壕掘りに軍人と一緒に強制作業に動員され、栄養になる様な食事も取れず、よくもまあ半年もの間耐えたものだ。

戦争が終わってからは、人吉市当局の計らいもあって、沖縄の疎開者の為に、駅前での立売商売を認めてもらい、芋だんご、松の葉っぱを巻いたタバコを作って売ったら、飛ぶように売れて、生活が幾分楽になった。

昭和二十一年十一月になって、遂に待望の帰郷が実現した。長崎県の大村湾港に疎開者が集合させられ、そこから帰りの船は何と米軍の屋根蓋の無い、上陸用舟艇だった。久場崎の砂浜に船の前戸を地面に吸い付いたように開けて、全員が下船し天幕に導かれ頭から全身ＤＤＴの白い粉で消毒された。その強烈な印象だけが残っている。

この小誌を発行するにあたり、琉球プロジェクト及び関係する社の皆様にご指導とご協力を戴き深く感謝すると共に、読者の方々には筆者の意図することを、幾分なりとお伝え出来れば幸せだ。

＊戦前の学校制度では、小学校六年のうえに高等科一年、二年とあり、合計で八年制の尋常高等小学校であった。

もくじ

あゝ疎開船　命拾われ今ありて

一　疾風怒濤《しっぷうどとう》の時

私が生まれたのは、昭和初期、疾風怒濤の時代の幕あけで、当時は真空管ラジオが普及し始めていた。国内では五・一五事件に二・二六事件があい次ぎ、国外では満洲、支那事変の勃発等の臨時ニュースが放送された。私たち子供にとっては、それ程切実なものではなく、遠来の雷鳴でしかなかった。

ラジオの電波によるマスコミュニケーションには人々の想像力をか

き立て、脹《ふく》らませる不可思議な力を持っている。

　終戦直後の菊田一夫のドラマ、「君の名は」は女風呂が空になったと云われ、すごい影響力をもった。紛争や戦争は国益と国益がぶつかり合った時、互いの考え方即ちイデオロギーが違いその目的を実現する手段として武力にうったえ解決する場合、資源を確保して自国の資本、工業力で製品や商品を造り国民を養い、余った品を他国に輸出して国を豊かにする経済の考え方。他のアジアの国々と協力して、資源を享有して共存共栄を計るとした「大東亜共栄圏」を構築して、東洋平和を打ち立てるとする理想の大義があった。その一方では満洲・支那事変と去った抗争、紛争を起こしている。まさに現実と理想の衝突、きしみ合う対流。困乱して揺れ動く秩序。此の様な歴史的環境のなかに生まれ落ちたのが私たちだ。いったん動きだした対流。これを止めようとしたり、逆らおうとしても無理なことだ。誰にも止められない。地球の表面のプレートがぶつかり合いきしみ合っているように。

二　海人《ウミンチュ》の町　糸満

私が生まれた町、糸満について語ろう。

目の前に美しい島々、慶良間列島が望める。糸満には、戦前は常に数隻の山原船《やんばるぶに》が碇泊していた。王朝時代から続いた独特のマーラン船で北部から薪木炭、藍、農作物を運んできて、那覇の町の住民に供給した。これらの船を操船する船員が糸満出身で、帰港が糸満だったのかもしれない。十五世紀から十八世紀の大航海時代には、朝鮮、支那、東南アジアの国々から多くの文物、文明をもたらした。マーラン船もしくは、天馬船である。茜雲《あかねぐも》のサンセットを背景にしたたたずまいは、名状し難い光景であった。まさに平和なニライカナイの島沖縄であった。

この町の海人《ウミンチュ》達の主な漁法として「網干《アンブシ》」があり、満潮時に沿岸から数キロ離れた浅瀬に網を仕かけ、えさを求めて潮に乗ってきた魚を潮が引くとき一網打尽にする漁獲法である。これで漁れた近海魚、鯛、はた、めばる、すずめだい、青ぶだい、色鮮やかな熱帯魚で、殆んどが白身魚で、焼魚、煮魚にしても活魚にして食べても頬が落ちるくらいうまい海鮮の味で、未だに忘れられない。

朝の漁港は、すごく活気を帯びた競市《セリ》になる。そこに詰めかけるのは、殆んどが女達で大変な賑わいだ。彼女達は漁労に出た漁師の妻や母親等が仲買人で競り落とした魚を各自が商品として消費者に魚市場で売るか、行商として売りさばいて生計を立てていた。漁師の夫婦といえども経済面では各自が独立していて、家族とはいえ金銭面で夫婦間でも峻別される。板子一枚下は地獄の厳しいなりわい、海で何が起きても不思議でない厳しい現実に対応する独立独歩の生き方なのだ。

当時は生物《なま》を保存する冷凍施設の無かった戦前の生活では、買い取った魚はその日の内に売り切らねばならないので、女達はザル一杯の商品を頭に乗っけて、十二、三キロもある消費地の那覇の街をねり歩いて売りさばいたものだった。その体力も、生活力旺盛で体格が良く、スラッとして目鼻立ちが整って、糸満美人で有名だ。魚貝類の栄養を多くとっているせいで綺麗な身体《からだ》になるのか、今でも、「注意」の立看板に「美人多しドライブに気を付けて」が有るくらいだ。保冷設備のない多くの家庭では新鮮な活魚のまま魚本来の味をあじわえた。

この町を語るとき、「糸満ハーリー」に言及しない訳にはいかない。毎年旧暦の五月四日に催される「海神祭」のことで、五穀豊穣海からの恵みを海の神様に感謝すると共に、安全祈願、神への報恩を奉納する祭である。初めに「お願《がん》バーリ」を神に奉納する。

これには、各集落を代表する漁師数十人がくり舟《サバニ》に乗り込み、船頭を司《つと》める長が舟尾で舵棒をにぎる。むら選りすぐりの屈強な漕ぎ手達が、舟の舳先《へさき》の鐘打のドラ鐘に息を合わせて舟の速さを各村チームで競い合う。実に勇壮だ。漁に出てシケに遭いサバニが転覆することも想定される。操業中の災難に備えて舟を合図と共に転覆させ、立て直してどのチームが早くゴールに到達できるかを競うゲーム等盛り沢山の行事が行われる。

確か昭和十七年のハーリーだったと記憶するが、当時日本陸軍でも有名な将軍寺内大将が観戦に来られて、天幕の中の直ぐ近くで拝顔することが出来た。閣下は丸顔でツルパゲで恰幅が良い方だった。当時、日本軍は南方各地で連戦連勝で勢いが良い時代だった。

糸満ハーリーは私達子供にとって、最も待ち遠しい日で、四の日《よっかひー》には玩具市が開かれ、父母に思いきりおねだりが出来る日でもあった。沖縄では、ハーリー鐘と共に梅雨は明けると云われる。糸満の町の鎮守神的存在として白銀堂と呼ぶ神社が有り、其処には「美殿《ミドン》と云う人物を祀ってある。美殿なる人物が倭人から借金をして返済から逃げ回っていたが、ついに見付けられた。斬り殺されようとする美殿は、返済できないのが恥ずかしくて隠れていただけだと訴え、「心が怒れば手を出すなかれ、手が出そうになれば心を戒めよ」という格言を引用して相手を納得させた。帰国した倭人は妻が他の男と寝ているのを見て刀を抜こうとするが、格言を思い出して思いとどまったところ、相手の男は自分の母親が変装していたことを知る。金を準備した美殿だが、感謝した倭人は受け取らず、その金は白銀岩の下に埋められた。

「手ヌイジラー意地引キ、意地ヌイジラー手イ引キ」

この戒めは、人間の知・情・意をバランスして決して早まった行動に出てはいけない、との教えです。

三　両親のこと

司馬遼太郎の小説に『坂の上の雲』があるが、日本が欧米列強を目指して富国強兵に励んでいた明治三十八年に父は生まれている。時代の要請もあって、何ごとにも一生懸命で、愚直なまでに生真面目で綺麗好きな性格だった。旧制中学を経て師範学校に進み小学校の教師になった。県立南風原小学校を振り出しに大東亜戦争に入ってからは、糸満国民学校に奉職した。事務面での慎重、几帳面さをかわれて、教職のかたわら、学校の会計係も任された。月末の給料日が近づくと、残業のため家に仕事を持ち込んだ。家のちゃぶ台には先生方の給料表・年功加俸等の諸手当に関する書類があり、覗いて見ることがあった。私の一番の関心事は父親の月給額と父が学校で何番目に偉いかを知りたかった。当時、昭和十八年の金額で七十二円で、位は校長を筆頭に六番目か七番目だったと記憶する。因《ちな》みに校長は百二円だった。父は心底から国を信じ誇りにした。とりわけ連合艦隊の海軍力に絶大なる信頼をおいていた。

「無敵を誇る我が艦隊にはどんな敵も近づけない」

が父の口癖だった。ある日、唐突な質問を受けた。

「万が一、敵が上陸して戦うようになったら、君どうする」

「俺、逃げるよ」

「馬鹿ヤロー、竹槍をとり立ち向かうのだ」

「竹槍が無かったら」

私が言うと、そんな時は、

「敵兵の喉ぶえに喰い付く」

この言葉は強烈なまでに私の記憶に残っている。ひょっとして、軍人に憧れていたのかも。母が洩らした事だが、父の徴兵検査の判定は、筋骨薄弱にて丙種合格だったそうだ。優しそうな風貌でも、気概だけは、人一倍だったのだ。

母は明治四十二年那覇市の若狭町に五男二女の七人兄弟姉妹の末っ子として生れた。祖父は、すごく商才にたけて、北部の山原《やんばる》で藍を栽培して那覇で「琉球がすり」の染料として織物工場に売りさばいて、財を成し、那覇の若狭町で貸家五十棟程を所有《もっ》ていた。母は小さい頃から、読み書きソロバンが得意で利発だったので、家賃取りにまわされ、家業を手伝った。ところが、一人息子で苦労知らずの母の父親は、放蕩《ほうとう》者で、家業の元手の不動産を担保に借金をしまくり、当時ではめずらしい世界漫遊旅行はするわ、友人達を集め大盤振る舞いをして、贅沢ざんまいの生活で、受け継いだ身上《しんしょう》を食い潰してしまった。七人もいた母の兄弟は、下駄職人で生計を立てていた次男伯父と母だけが沖縄に残った。上の兄姉達は皆ペルーとブラジルに移民で出ていってしまった。

昭和初期の世界大恐慌の時の沖縄県の人口は六十万人弱で、経済的基盤が弱く産業として、砂糖キビ栽培及び製糖業くらいで、キビ運搬手段として、那覇を起点として、軽便鉄道が敷かれた。糸満線、与那原線、嘉手納線の三鉄道線であり、客車と貨物車で編成された。経済面で苦しい県内には、若い人達の就業の場が少なく、県外国外への移住、移民が奨励された。

移民の父と呼ばれた當山久三翁は「吾が住む家は五大州」を合言葉として、県民に訴えた。それに促されるように、南米のペルー、ボリビア、ブラジル、テニアンへ雄飛して行き、続々と沖縄から去っていった。肉親の親子、兄弟、親戚の別れの見送りで、那覇港の通堂《とんどう》町は賑わった。またいつ会えるか分らない。涙の送別の景色が見られた。船上の去りゆく者、残る者を五色のテープが結《つな》いだ。

われんばかりの人声の中には、本音の声も聞こえていた。「手紙はいいから、先ずはお金からだよ、分かったな」何と、うら悲しい現実なんだ。

ところで、残された母は、五年制の沖縄女子師範学校に進んだ。学資はすべて国から支給された。彼女にも唯一の希望があった。台湾に行って教師になる事だった。親友の節子さんが、台湾で仕事をしている川平さんに嫁いでいて、其のコネもあって台北市の老松小学校に奉職出来そうだった。しかし諸般の事情で夢も叶えられず、卒業と共に県南部の真壁小学校を振り出しに、東風平小、高嶺小と転任して、その間に父と結婚して三男二女の子をもうけた。

四　風雲急を告げた戦局

昭和十九年に入って、周りが、あわただしく動き出した。まだ戦争は遠くの出来事で、それ程気にすることはなかった。婦人会のオバさん達が、白いチョッキの上に「武運長久」の千人針をお願いしてまわる訪問が急激に増えた。一人一人の真心が戦場で戦っている兵士のお守りとの、銃後の国民の願いだった。敵機の来襲に備える燈火管制があり、松下幸之助が発明した二股ソケットに豆電球を灯し光が外に漏れないようにした。黒い蛇腹の電気カバーも付けた。衣料の生地も純綿の洋服から人絹や粗末な混紡の生地に変り、服装もカーキ色の国防色の服や婦女子はモンペ姿へと非常時体制に移っていった。

食糧事情が少しずつ変った。米飯に押し麦やさつま芋が混じるようになった。従来沖縄では栽培されなかった南方の植物、タピオカ芋が作られた。軍需用で特に飛行機のエンジンオイルの代用品として、ヒマ油が使用された。ヒマを植えた。衣料繊維の不足を補うため、野生の雑草ラミー草を野山で刈りとって供出した。生活がすっかり戦時体制になった。世が騒然とするなかにも、庭の花壇には季節の草花、ひまわり、百日草、コスモス、ガーベラの庭の千草が心を癒やしてくれていたが、戦が近づいて花壇を壊《つぶ》して防空壕を掘って、その上に芝生を植えた。

国民学校の五年間をふり返って楽しかったのは、国民の祝日、四大節（元旦、紀元節、天長節、明治節）であった。その日は校長先生の教育勅語の拝読を頭を垂れ鼻汁をすすって聴いて、授業は休みで後は、紅白の饅頭を頂いて帰ったこと。学芸会で二学年で「桃太郎」、四年生で「君が代少年」、五年生で「軍艦生活」の劇で端役として出たこと。夏休みの宿題の昆虫採集で、虫カゴと捕虫網をもって虫を追いかけたことだった。そんな呑気なことを云っていられない程戦況は逼迫していった。

旧制中学に進学していた先輩達の話では、学校での授業は無く、毎日が那覇飛行場の拡張作業に徴用で学徒動員として、かり出され、モッコで土運搬作業で身体がくたくたに疲れると愚痴をこぼしていた。私も最上級学年の六年生の一学期を気ぜわしく過した。すぐ夏休みに入る昭和十九年七月十七日、大本営報道の臨時ニュースが流れた。「サイパン島の我が日本軍玉砕」との発表だった。唖然として茫然自失。

「玉砕」という言葉は、聴き馴れてはいるが、互いに殺し合う。無惨、残虐、阿鼻叫喚、薄っすらイメージは浮ぶが、実体として迫ってこない。アッツ島、硫黄島もそうだった。只戦争が身近にやってきたんだ。強烈な切迫感はあった。間もなく夏休みに入った。しかし驚天動地の大変なことが起った。こともあろうに、いつも遊んでいた運動場に陸軍の戦車が二台運び込まれていた。同時に学校の職員室には陸

軍の高級将校さん達が、あわただしく出入りするようになった。襟章から尉官、佐官級の位の高い軍人さんだ。赤や紫の房の付いた軍刀をつけて、革のブーツをはいていて、かつて沖縄では見ることのない偉い将校さん達だった。

そんな時、父が血相を変えて職場から帰ってきて、「数日中に本土九州への疎開だ」皆唖然とする。足手まといになる子供と老人を対象にした一般疎開の命令だった。この期に及んで、沖縄決戦必至と見た対応なのだろう。母はその晩から早速持っていく荷物をまとめ、詰め込む荷物の内容の仕分けでおおわらわだ。困った時直ぐ換金出来るもの、食べ物と換えてもらえそうな上等な着物をタンスの中から選び出した。限られた短い時間で、家族の最低限の必須品を整えるのに精一杯だ。柳行李に縫い付ける名札を書き張りつけるだけで一日が過ぎ

た。翌日は母が勤める隣り村の高嶺で何軒も農家を回り黒砂糖を譲ってもらった。砂糖は貴重品で市場では手に入らない。当時、田舎の集落には、サーター屋があり馬に曳かせて圧搾機を回しキビを搾り、その甘い汁に石灰を入れて煮詰めて、自家用の黒糖を造っていた。歩きどおしで足を棒にして約三十キロを買い集めた。なんでそんな大量に必要なのか、訊いたが、その理由を答えなかった。母が独り言のように話した。疎開先で、「お前達がイジメに遭ったり、仲間に入れてもらえなかったりした時に必要な品物だ」と。

そうか母ちゃん分ったよ。肩にめり込んで痛く重たい黒砂糖が急に軽くなった。

五　朝まだきの脱出そして父との別れ

疎開の支度がすっかり整い、父と同じ学校に勤めていた親戚の小父さんに手伝ってもらい、殆んどの物が布団袋と柳行李に納まり、荷づくりを終えて、ほっとする。住み馴れた我が家、穴のあいた障子、落書きで薄汚れたガラス、柱のキズ、しみ、私たちの匂いと、色々な思い出を刻み込んだ部屋が、いとおしくてたまらない。疎開出発は近日中と云うだけで、特定した日時は知らされていない。イライラ焦る。切迫した気持ちでいた。直ぐに決まった、昭和十九年八月二十五、六日ではなかったかと思う。

夏の終りの朝五時頃だ。辺りはほの暗い鶏鳴を聞きつつ、弟妹たちは眠りこけている。私（十三歳）を筆頭に次男・宣（十歳）、三男・昭（七歳）、長女・道（四歳）、次女・英子（二歳）は心地よく寝息をかいていた。間もなく、手配していた馬車が輪立ちの音もけたたましく到着した。家族七人と荷物を積み込むと、朝もやを切り分けて走り出した。馬車は屋根付の四輪の乗合馬車だ。那覇港までの距離は、約十二キロ。数分糸満の街を走りコンクリート敷きの県道に入り、揺れが少なくなった。馬の蹄の音と車のキシミが朝のしじまを破る。まちはずれに差しかかる。沖縄本島を縦断する街道が海岸沿いに那覇まで一直線だ。路の両側は、い草、芋畑が延々と続く。

母は二歳になったばかりの末妹を抱えて、両親はこれからの事を思いわずらって言葉を交すことがない。行き交う人も車もなく路傍の草むらの蛙の鳴き声だけが辺りを制した。馬車だけが、今や遅しと畑中の道をいそいだ。沿道に張り付いた集落、潮平、豊見城、高良、当間を黙殺するかのように過ぎた。小禄村の那覇飛行場隣りの農事試験場に差しかかった時、すっかり夜が明けた。蚊が多いと云われる、垣花のガジャンビラを一気に駆け下り明治橋を渡ると那覇港だった。家を出て一時間半、両親にとって最も苦しく濃縮された時だったに相違ない。来し方行く末、血をわけた愛情をわかち合う家族という集団。その塊の最初の壊れが始まろうとしていた。疎開者集合場所に指定された西武門《にしんじょう》の街道には、すでに人々がつめかけて長蛇の列をつくっていた。

父は私達を下ろし、荷物の詰込手続に波止場に向った。見送る者もいて、大変な雑踏だ、道はアカギとデイゴの木の並木で陰になり、涼しかった。メガホンを手にした県庁職員の人が、乗船者名簿と本人確認の点呼作業の後、崎山那覇市長の壮行の挨拶で、故郷への慕情が一気《いっ》にこみあげるものがあり胸が熱くなる。集団がのろのろと波止場のある通堂《とんどう》に向って動き出した。私達を乗せる筈の本船は着岸してない。港内にそれらしい船も碇泊していない。列の先頭の人々が順次に小さい艀《はしけ》に乗り込んでいる。三十人程束ねて沖の方に向いて離岸していく。十一時過ぎに乗り込めた。海は穏やかで凪いでいる。波が平たい船底をたたき揺れた。港外に出ると、七、八千トンもある大きな船が泊っていて、島が海に突き刺さったようだ。鉄壁の域にも見えた。十数メートルにそびえる。

見送りに艀に乗り込んでいた父が幼い兄妹らを支えていた。北緯二十八度に位置する。沖縄の真夏の太陽の光が、頭上九十度直角に屈折することなく降り注ぐ、水深二十メートル以上あろう海底が透明な水のゆらぎの中に浮き上って見える。サンゴがゴミやホコリを吸いとっているのだろうか。これ程綺麗な沖縄の海を観るのは、初めてで感動を覚えた。本船の鉄壁に吸い付いた艀が波で二メートルくらい上下に揺れている。船員さんの手助けで梯子に乗り移ることが出来た。甲板の上から見おろすと父の姿が見えた。無事に疎開船まで届けた安堵感、妻子と別れる寂しさ、先を案ずる不安等がない交《ま》ぜになった複雑な感情を抑えようと微笑んでいた父の顔。生涯忘れ得ぬ姿だ。母と弟で張り裂けんばかりの声で「さようなら父ちゃん頑張ってね」何度も何度も叫んだ。艀は静かに本船を離れていった。父は私達が見届けられるまで、いつまでも両手を上げ、振り続けていた。あれが今生の別れになるとは誰にも知る由がなかった。

六　船団粛々と沈黙の黒潮を渡る

午後に船が動き出す。「さらば沖縄よ。又来るまでは、しばし別れの涙をのんで」。当時流行っていた「ラバウル小唄」の替歌が聞こえた。なだらかに伸びる本島の沿岸をのろのろゆっくり北上した。この大きな船のことが知りたくなった。何を積んで、何処から来たのか、船倉が固い鉄板か、板の蓋で覆われていて布のカバーが掛けられ、デッキになった上に天幕が張られてその甲板上に私達は収容された。

輸送船の正体が知りたく、あちこち見て回った。船名『えさし丸』、総トン数八千二百トン、造船所等が記されて、素晴しく立派な汽船だった。午後一時前に亜鉛のバケツに入れた麦飯と味噌汁の昼食が届き、各自一杯ずつ配給された。船足が遅くのろのろと北上していた船が突然、現在の「美ら海水族館」のある本部港沖で止った。予期せぬ事態に皆戸惑った。故障なのか、給水、給油か色々詮索したが、理由は告げられなかった。後にわかったことだが、同航する或船団を待つための一時の停泊だった。強烈な日射しで鋼鉄の甲板を焼きつけ低く垂れた天幕からの暑気とデッキの熱風は汗腺を塞らせ肩で息をする耐え難い状況だ。これから渡る恐怖と危険に満ちた海を想像するだけで不安で身が細る。碇泊でやきもきしている内に、その日が暮れた。

翌朝、目を覚まして驚いた。周りが十数隻の船団になって航行しているではないか。しかし船団の中でもこの船は最も大きく、しかも船足も遅く、時速五ノット（約九キロ）で群れの最後尾を走っている。

気が気ではない。船団の航跡はどの船もジグザグコースで大きく蛇行しながら走っている。

船団の周りを格好良い船体の長い巡洋艦が舳《みよし》に白い波しぶきをかぶって高速度で巡航しており、四十ノット出ているそうだ。時折、躯体のずんぐりした駆逐艦が併走して通り過ぎる。守っているから安心しろよ、と云わんばかりで頼もしい。空には幾度となく迷彩色の爆撃機「どん竜」が低空で飛び去った。有難いな、国家は私達を守ってくれているんだ。肌身で強く国家を意識した瞬間だった。あの時の「グループ航行」を世に云う「護送船団方式」と云うのかな。

船酔いもなく周りの状況に馴れ普段の活動ができるようになって、各自に救命用バッグが配られる。ソバ殻が詰った座布団二枚重ねで開けると真中から頭を通すと胸と背中が覆われ腰で結ぶようになっている。遭難時の備えなのだ。次に各家族に麻縄が配られる、万一の着水の場合家族散り散りにならないように、一本の縄にくくり付けるとの指示だった。海の色は藍色というか、どす黒い。地理の時間に黒潮のことを教わった。南米のペルー沖から太平洋を赤道に沿って横断してフィリピンあたりで折れ曲って北上して日本列島に沿って流れる暖かくて黒い潮のこと。

親潮とはユーラシア大陸のアムール河で育まれた植物プランクトンを多く含んだ栄養分豊富な冷たい流れで、沢山の命を育てるから親潮と呼ぶのだ。黒ずんだ海面を青白く曲りくねった数多くの航跡は、大海原に印す大絵巻で壮観だ。本船の乗客は粛として言葉数が少ない。静寂さをスクリューを回す頓いエンジン音が身をゆさぶる。

持参した食物のゴミ、砂糖キビのかす等の海中投棄は一切禁止されている。デッキの手すりの沿に仮設されたトイレが二日目頃から満杯になり糞尿が溢れだし、夏の熱射で煮え立って甲板が白く塩をふき、鉄錆と混り合う。時折り異様な臭気が鼻をつく。海での浮遊物は潜水艦に追跡の証拠を残すので、我慢するしかない。

夜は航行灯なしの航海だ。外は、漆黒の闇だ。新月なのか真暗な天空に星がやけに明るかった。昼間の航海中緊張をほぐすものに、白い小鳥の群が海面すれすれに飛び交う景色だった。あれは小鳥ではなくトビウオの回遊だそうだ。

飲み水の配給が少なく喉が渇く、蒸気パイプから湯気と一緒に点滴になって水が垂れてくる。コップにためて飲む。日中の暑さは可成り体力を消耗する。やっと二日目の日没になり空気が急に涼しく心地よい微風が身心を癒してくれる。荒漠とした東支那海の彼方に大きな真赤な夕日が沈む、つい感傷的になる。もの悲しい、今日も暮れるか。燈火管制でどの船も明りを点けてない、船団の姿が暗闇で見えない。一本の命綱で家族が結びついている。なんとも嫌《いや》な感じ。救命用ボートは僅か四隻、魚雷一発くらえば一巻《いっかん》の終り。周りは漆黒の闇、悪いことばかりが連想される。神経衰弱で極度の疲れから、いつの間にか寝入って仕舞った。

真夜中二時頃に突然目が覚めると、目の前に気味悪い真黒い瓢箪《ひょうたん》が海に突刺さったように海から生えた島。幾つか点在する「悪石島だ」と誰かが叫んだ。不安、驚愕にかられる。島影に何か潜んでいて襲ってくるような妄想で身が震える。四人の弟妹達は頭を母にすり寄せて子豚のように眠りこいて微かな寝息が聞えている。護送船団なんだ。余計な妄想悪夢をたち切るには眠りに逃げ込むしかないと念じながら、うとうとした。眠りから覚めた時は、三日目の朝が明けていた。依然として、群れの殿《しんがり》を走っている。周囲に沢山の船が見えているだけで、連帯感と共に異様な勇気が出て、壮快な朝を迎えた。朝食が配られる。毎日三食とも判《ハン》で押したような食事だが、食べ盛りの私達にはうまくて量が少し足りない。ふと気付いた事だが、昨日までの海の景色が違う、変だ、藍色から青色に変わって居る。確かにそうだ。ひょっとして島に近づいているのではないのか、船縁りに寄って海面を注意深く観ていると、薄い茶褐色の生物だ。よく目を凝らして観るとクラゲだった。ヤッター、無意識に声をあげた。母ちゃん、鹿児島が見えるかも。嬉しくなりしばしば船べりに行って海面を見張った。其の度に数が増えて遠来の客を歓迎しているかのように、頭を伸縮させて喜んで呉れた。船に吸い付いて離れないもののもいた。下の弟が

「富士山が有る」と言う。露の中に綺麗な富士に似た山が浮かんだ。山の麓には知覧基地があり、少し上の先輩達が、そして戦艦大和も通ったであろう海域だった。

島影のない洋上では、いつも一緒に走っている船を意識して自分を落ち着かせ安心させてきた。陸地が見えると一気に緊張が解けて、段々近づく島にだけ気が取られて周りがどう変ったか気付いていなかった。今まで四六時中本船を護って航海していた十数隻の船団の姿はもうどこにも無かった。疎開者達の無事を見届けて、各任務地・目的地に向け航行しているのであろうか。悔しく悲しかった。一言お礼の言葉が云いたかった。命を堵《と》して私達を守っていただき感謝の落涙止めきれなかった。

島影がはっきり見えてきた。大隅半島か薩摩半島だ、鹿児島湾の入り口に違いない。離島県の私達は本土のことを内地とも又は大和《ヤマト》とも呼んだ。いまだ見ぬ憧れの現地が目前に横たわっている。疎開船にこの命を拾われて祖国の懐に飛び込んだ時の感動は生涯忘れることはできない。本船は威風堂々曲りくねることなく凱旋将軍のように鹿児島港に向って直進した。

七　祖国の懐《ふところ》に入り歓喜し不都合な真実に心まどう

正午過ぎに、鹿児島港の埠頭に接岸した。上陸が始まり、生まれて初めて本土の地を踏みしめて温かかった。弟妹達も大はしゃぎだ。幾組かのグループ分けが行われ、宿泊する宿屋が発表され、私達はセニヤ旅館に決まり数台のバスに分乗して各宿に向った。

着いた所は、木造二階建ての大きな旅館だった。旅の労を癒やすことになるが、一番の感動は、甘くて柔らかいヤマトの水、何とおいしい水、名水だ。旅装を解いて午後から市内見学で錦江湾を眺めながら遊覧船で桜島に渡り、果肉の厚いビワを腹一杯食べた。至福の時である。戦争に追われているとは思えない。翌日は市内の名所、旧跡巡りに出掛けた。市街が一望に見える城山《しろやま》に登る。噴火した火山灰で形成された台地で下に桜島が見える。錦江湾の中央に突き出し、周りの海がカルデラ湖のようだ。山を下りて照国神社に参拝し広い参道、大きな境内を出て市内一番の繁華街天文館通りに行く途中、旧制第七高等学校に立ち寄った。荘重の鉄の門扉が締まっていた。唖然として息をのんだ。内側にビショビショに濡れた柳行李、布団カバーの包、手荷物等何れにも赤に布地の名札が縫い付けられている。海で遭難し阿鼻叫喚のなかで持主を失い、散り散りになった無惨な荷物の山。当時は厳重な報道統制、箝口令が敷かれている中、漏れきかれていた学童疎開船遭難。彼等の荷物だったに相違いない。サイパンやテニアン島での戦とばっかりに思っていた戦争は目前に迫っているのではないか。宿屋に帰ってても見てきた事実を誰にも話すことなく皆自分の中に呑み込んで仕舞ったままだ。

戦後になって、悲劇の遭難船を目撃した手記がある。一九四四年八月二十二日、悪石島沖で雷撃を受けて沈没した対馬丸。その一部終始を目撃していた対馬丸船団の護衛艦・砲艦「宇治」の元主計長、前田紀太郎氏が、遭難の模様を手記にまとめていた。遭難までをドキュメントで追う。

船団三隻はいずれも六千トン級の貨物船で、船団速力七ノットで対馬丸は船足が遅く容易に付いていけなかった。対馬丸には限度一杯の疎開者の乗船が割り当てられた。八月二十一日午後四時に那覇港を出港した。船団の隊形は、宇治を先頭に、和浦丸、暁空丸、対馬丸の順に一列縦隊で駆逐艦蓮がしんがりに付いた。宇治が指揮艦である。指揮を取った将校が、近海に敵潜水艦が出現したという情報もあり警戒を要するとのことだった。危険をはらんだ海に船団は船出した。台風接近で海面はかなり波立った。暁空丸、和浦丸の二隻は順調に続いたが、対馬丸は可成り遅れた。二十二日に友軍機一機が飛来した。水上偵察機で「敵潜水艦発見一六〇〇」と緊急事態の第一報。一六〇〇は午後四時を意味する。宇治では兵員戦闘配置に走り、船団後方の警備に当っていた駆逐艦蓮は取舵《とりかじ》一杯、Uターンすると水上偵察機の姿を求め、後方の海に全速で突進した。海空一体の爆雷攻撃なら決定的に威力があるのだが。日没も近い。その時、遠くから「ドーン」と鈍い爆発音が伝わって来た。敵潜水艦を取り逃がし、「蓮」の爆雷投下は威嚇のための一発だった。緊迫した事態の中にこの日も暮れて、夜のとばりが船団を包んだ。敵潜水艦は船団後方から追跡しているに違いない。狙われていると知りながら、手の施しようもないのが現実だった。時刻は午後十時をわずかに回っていた。

かなり後方の海から「ドーン」と重く沈んだ爆音だった。その方を見ると火の粉が太い柱になって吹き上げられ、そして三度目の轟音と火柱。望遠鏡の中に対馬丸の断末魔の姿。船首を空中に突っ立て、棒立ちのまま沈んだ。対馬丸に魚雷が命中して十分そこそこだった。

これが前田氏の目撃した手記である。今にして思えば、背筋が寒くなる思いだ。くしくも私達の船団が航行したのも対馬丸遭難後僅か五、六日後のことだった。

八　熊本人吉の人は皆な良《よ》か人だった

船旅の疲れを休め、三日目に私達の受入れ先の熊本県の人吉市に出発した。山間地を走る列車。トンネルが多いこと、入る前に汽笛がゴゥゴゥと鳴りその合図とともに、黒煙が車内を吹き抜けた。その迫力たるや沖縄の軽便の比ではない。山が険しく傾斜が急なので線路が円いループ状になっていてガタゴト列車も息絶え絶えに速度を落としながら走った。

間もなく青い山脈に囲まれた盆地の街人吉駅に着いた。歓呼の声で迎えて下さった方々は町の婦人会の方で手に日の丸の小旗を振って、あたかも身内の人か友人でも迎えるかのように温かく親切に私達の長い旅の労をねぎらって下さった。

人吉の街は中心部を球磨川が流れ、清流の中をアユの群れが見え、山と川が一切の汚れを吸い取って空気が澄んで静かな綺麗な街。名曲『旅愁』を作った、犬童球渓の故郷でもある。収容場所は何家族かのグループに分けられ、各お寺に分散収容されることになった。林鹿寺、幸願寺、林照寺と数個所のお寺があり、私達は麓町の林鹿寺に割り当てられた。広い境内の真中に大きな銀杏の木があり、御堂は何十畳敷もの伽藍で中央に御本尊の仏像が安置されていた。もったいない、真新しい畳の上で、仏の御手の中で私達の新たな生活が始まった。子供と老人達なので、おねしょはするし、飲み物は零《こぼ》すは、かけずり回る、まるで運動場だ。そんな大迷惑にもかかわらず、和尚さんは、いつも笑顔で接して下さいました。毎朝六時きっかり読経があり、良い夢心地の中で心が癒やされ安らいだ。

いつしか旅の地の秋も深まっていた。境内の周りには幾つかの柿の木があり、早起きして落ちた熟柿を探しまわり野鳥がつつく前に見付けるのに必死だった。草むらに隠れているのが多かった。喜んで服に拭《ぬぐ》いトロリとして冷たい、とても甘い。柿プリンで朝食前の糖分補給で学校でも元気が出た。通学していた学校は市の中心部にある「東間国民学校」で出来る子が多かった。私の成績は中よりも少し弱い位のところだった。

盆地は秋から冬にかけての気候は厳しく霧が深く寒冷で特に球磨川に架かった長い「水の手橋」を渡る時は手足の指が切れる程痛い、鼻水を垂れながら手を口もとで温めスリ足で歩く弟達が気の毒だった。学校が終えてからは殆んど毎日のように、入会地の山林に出掛けて杉の枯枝を集めた。当時は貴重な燃料として薪の代用になった。薪拾いにも楽しみがあった。奥地にわけ入って野生のアケビを見付けた時の喜びは格別で、紫色の熟れたアケビ、仕事へのご褒美だ。楽しいことばかりではない。時には危険も伴なう、夢中で探していると、オッタマゲター、マムシが、鎌首をもたげて私を睨んでいる。沖縄のハブは熱を感じる方向に攻撃してくる。ゆっくり後ずさりして難をのがれた。

仕事帰りは腹がすく、途中に柿園があり手の届く高さに四角ばって白い粉を吹いている。良心は負けて失敬してしまう。とてもうまい一個で腹一杯になる。野生の栗も沢山食べたが実が小さい。栗園の栗は実がまるまる肥えている。どんな味がするのか数個、いが栗のまんま持ち帰って、散々母に叱られたことがあった。農家の人も疎開者の倅《せがれ》達がやっていることは当然知っていて温かく見逃していたに相違いない。

千秋の想いで待っていた父よりの便りが届いた。ぶ厚い手紙で一カ月半振りだ、昭和十九年十月十日の米軍の大空襲で糸満も那覇の街も破滅的にやられ焼野原になったとのこと。焼け出されてホームレスになり漂泊の身になった父が不憫でたまらなかった。あの便りが私達が受け取った最初で最後。以後音信不通となった。年が変って、人吉の街も艦載機グラマン戦闘機による空襲は受けたが、火災になるような爆撃は無かった。四月初めの米機動部隊の沖縄本島上陸で、より安全な所への避難命令が下った。

その頃になると、特に晴れた日には高度七、八千メートルあるような高い上空を不気味な丁度銀蠅のような爆音で、機体が白く小さく見えるB29爆撃機が編隊を組んで北の方向に悠々飛んで行く。北九州の工業地帯を目指しているのかなと悔しかった。お釈迦さまの誕生を祝う甘茶祭の四月初めの頃だったと思う。母が非常に気懸りになっている事があった。お寺の和尚さんから「御主人からの便りは有りましたか」と父の安否をしきりに気遣っておられたとの事だった。母にとってはその事がいつまでも胸につかえていた。その悪い予感が的中したのだった。父の強い情念が人魂《ひとだま》となりお寺の住職に辿り着き、送り出した妻や子供達の神仏への御加護をお願いに訪ねたのだろうか。

（4月4日）

米軍の沖縄上陸作戦

嘉手納、読谷の海岸が
最初の上陸地

（4月1日）

敗戦になって分かったことだが、昭和二十年四月一日に沖縄読谷の浜に上陸した米軍は一日で北部名護市まで迫り激しい戦闘中、勝山部落で父は消息を絶ったとのことだった。当時、私自身も旧制人吉県立中学校の入学試験に失敗し、夢破れ悲嘆にくれ、呆然自失の状態にあった。

そんな時、想定してなかった再疎開の命令が下った。せっかく馴みかけた町のお寺だった。六キロ程離れた奥地の赤池と云う里村の天真寺への移動の命令だった。大八車に家族の荷を積んで引っ越しをすませた。沖縄からの三家族がお世話になっていた。村には東間国民学校の分教場があり、一年生から高等科まで四、五十人を田代先生女性のお一人で受け持っておられた。

高等科になった私は朝は登校し出欠を取ってもらい、僅か十四歳で勤労動員にかり出された。政府当局や軍部も本土決戦必至と見て、非常時の総動員体勢が敷かれた。動員作業の場所は隣部落のガンツクリ村で防空壕掘りで、掘り出された土を奥からモッコで運び出す作業だ。壕の先端でのツルハシやショベルでの穴掘りの作業は、兵隊さんや徴用された若い人達がやった。昼休みの合間に兵隊さん達は軍服や下着等の衣服をドラム缶に入れ、下から薪で火をたいて煮沸していた。当時蔓延していた虱《しらみ》を駆除する釜茹でだった。人々は厄虱と呼んでいた。

昼食には中味のない大きなにぎり飯が配られ少年達にとっては腹一杯のご馳走だった。戦争で食糧、必需品が逼迫して日々生活が苦しくなった。新聞、ラジオ情報を得るすべが一切無いので戦争の進展状況がつかめない。人伝えに聴いたことだが、義烈空挺隊が沖縄の中飛行場を奪い返したそうだ。嬉しいニュース、断片的情報。郷里の云い伝えに「聴こえない耳の壊れた者《クジラー》、果報者だ」。

何も知らずに一生懸命働いた事が、幸せだったのでは。新しく移り住んだお寺が山の上の高台にあり、遠くに高原《たかんばる》の飛行場が見おろせた。朝のしじまを破り轟音を立てて戦闘機が飛び立つのが、度々《たびたび》あった。特別攻撃隊に加わったのだろうか。食糧不足を補うため村の人達の好意で畑を貸していただいたり笹薮を開拓して、麦や唐芋《から》、小芋等を栽《つく》って食糧の補《たし》にした。田植の手伝いで足をヒルに吸い付かれたが、稲の収穫時に食べたピカピカ光る銀飯は有難かった。

八月に入り人吉盆地は夏の猛暑が続く。壕掘りの動員からやっと解かれ久し振りに母と唐芋の買出しに行った農家の方から教えてもらった。昨日広島に新型の落下傘爆弾が落とされ被害が大きいらしいとの事だった。それから三日程経って、分教場の田代先生から「八月十五日正午重大なラジオ放送がありますので、全員で小仏町の神社に参ります。三キロも離れた所なので先生が引率します」。との指示があった。

当日はさわやかな晴れた日で、低学年も揃っての行軍で途中休み休み指定された場所に着いたのが、午前十一時頃。其処で知ったのは、天皇陛下の玉音放送だった。

神社の境内の中央に白いクロスで覆われた台にラジオが置かれた広場に各地の分教場から集った二百人ばかりの小学生等が正座した。正午十二時かっきりに玉音放送が始まった。真空管ラジオの性能が良くないので雑音が入り、電波のキャッチも悪い、陛下のお言葉の内容が難し過ぎて分からなかった。やっと最後の下りに、「堪え難きを堪え、忍び難きを忍び以て太平を開かんとす」のお言葉で直感した。あゝ戦争は終ったんだ。これからは平和になるんだ。戦争は人間の尊厳、幸せに自由に生きる生存権や街を破壊し生命財産を奪い去り、残ったのは人間に対する憎悪と不信感だけだ。戦争は決して起こしてはいけない。我々の世代だけで沢山だ。

私達が二ヶ年間の疎開で幸福《しあわせ》だった事は、地域の人々に受け入れられ、支えられ、生かされたことだ。物や食べものは乏しかったが、お寺の方や町内会、隣組の温かい支援、学校での先生友人に囲まれ元気に戦争を生きのびることが出来た。九州でも熊本の日奈久、山鹿、岳間、宮崎の高千穂町、高鍋町、大分の重岡、酒利、それぞれの地域で両親のもとを離れた学童疎開で何千何万の児童達がお世話になったというより、各地のコミュニティに育ててもらったと云うのが妥当かも知れない。

学童疎開から帰ったら両親がなくなり孤児になった子も居たはずだ。でもどんな辛い戦災に遭おうとも温かい地域社会で育った子は決してくじけることは無いと思う。

私も人吉の人達に大変お世話になったにもかかわらず、その御好意や親切に報いることが出来ていない。戦争の世代を生きたものは、語り部として後世に伝える義務があると思う。

九　くに敗れて山河あり

私が疎開先の熊本県から引き揚げてきたのは、昭和二十一年の九月であった。何よりもうれしかったのは、すでに糸満高校が設立されていて、熊本の旧制中学から一年次に転入学が許可されたことであった。当時は〝糸満ハイスクール〟と英語で呼ばれ、記章も、その頭文字をとってＩＨＳのマークだったと覚えている。

命ありて。民間人収容所に集められた住民（昭和20年）

国破れて山河あり、というものの、学校の周辺は戦争のつめ跡が生々しく、いまの体育館のあたりだろうか、日本軍の地雷で爆破された戦車が二台、無惨にひっくり返っていた。休み時間になると、先輩の不良生徒が、よくその戦車に出入りしては、先生方の目に届かないのをいいことに、格好の喫煙場所にしていた。

現在の校門のすぐ南側には、土を掘って作った簡易汲み取り式の便所小屋が立ち並び、そのすぐ近くには井戸があって、休み時間になるとつるべで汲み上げた水にかぶりついて飲んだものである。

創立当初の校舎はカマボコ型のコンセット二棟で、一棟は職員室、他の棟は最上級生が使用した。残りの校舎は米軍から払い下げてもらった野戦用テントで、まるでインディアンの集落みたいであった。

朝の早いうちはいいとして、陽が昇るにつれてテント校舎内の温度は上がる一方で、午後からは三十七、八度にまでになり、頭がぼーっとして勉強どころではなかった。居眠りする生徒が多かった。

梅雨どきは、雨の音には風情があったが、中は蒸し風呂のようにすごくむれた。テントの教室は見通しがきかない。それをいいことに、おなかをすかした連中が、三時限、四時限目の授業中に弁当を開き、勝手に時間を繰り上げて昼食をとる姿が見られた。

やがて茅ぶきの校舎が出来た。テント小屋にくらべると明るさはあり、涼しくてすごく快適だった。しかし、台風銀座とまでいわれる沖縄は、毎年夏から秋にかけて大型台風に見舞われ、その度に校舎が倒壊した。グロリア、エマといった記録に残る超大型のすごい風が襲った。被害を受けた校舎の復旧には、ゆうに二週間はかかった。その間は授業ができないので、作業に駆り出された。私達のように田

糸満高校　後ろのコンセット校舎は職員室

テント小屋に比べ豪華に思えた我が学び舎（昭和 23 年頃）

舎から来る者は茅刈り作業が割り当てられたが、勉強よりは数段楽しかった。山野で茅を刈っているとき、物騒な不発弾、友軍、米軍の手榴弾、あるいは機関銃などが、あたり一面にころがっているのを見て肝を冷やした。繁みの中で白い歯をむき出しにした戦死者の骸骨に出合い、息をのんで立ちすくんだこともある。しばらくして気を落ちつけ、合掌して足ばやに立ち去った。屍のあるところは、どういうわけか草木も一段と青々と茂っていたように思う。

米軍は、戦線で前進するときは、食べ残しやちりや空き缶などは穴を掘って埋め、同時に、これからの食糧も地下に保存したと聞いた。防水のため蝋ばりの箱に詰めたCレイション、Kレイションと呼ばれる米軍の戦闘用携帯食糧の埋めてある場所を探し当てるのが草刈り作業中の何より楽しみだった。レイションの中身だが、クラッカー、ジャム、チーズ、ハム、ソーセージの缶詰、たばこなどがパックされていて、それはそれは大変なご馳走であった。戦後間もない頃で、一年と数カ月しかたっていないので、ほとんど完全なまま残っていた。まさに、戦後の花咲か爺であった。

当時、南部島尻郡に高校は糸満高校と知念高校しかなく、校区は広域で、遠い所は小禄や東風平の外間あたりからも通学していた。距離にすると約十キロはあったろうか。もちろん、バスや車などあろうはずはない。徒歩通学である。そういう遠方の生徒たちは、朝は暗いうちに家を出、弁当も二つ持って一つは朝食として途中、歩きながら食べる。細いあぜ道を通るので、ズボンはひざから下が朝露でびっしょりぬれていた。そういう遠くから来ていた学友たちは、二年遅れて開校した那覇高校へ転出していった。

私たちの学校は創立の頃、在校生は約八百名で、陸上競技や野球は全島を制覇する勢いであった。野球は、三期、四期生が全島を制覇して連続優勝をなし遂げた。決勝戦のときは、応援のため全校生徒が歩いて那覇の大道グラウンドまで遠足したものである。へとへとになって夜遅く家に着いたときは、全身の力が抜けたようであった。

私たち五期生は高校は四年で卒業した。留年でもなければ落第でもない。教育制度の改正で小学校六年、高等科二年制から六・三・三制への移行期で、ちょうどズボンのアゲでもとれたようにだぶりを生じたからである。そういうことで、私たちの場合、二年間続けて二年生を体験させられた。そのため、通信簿も旧二年生、新二年生に分けて成績が記され、へんちくりんな四年次卒業となった。しかし、多感な青春時代に一年間も余計に一緒に学ぶ機会を得たおかげで、いまでも同期生の間の結束は強く、お互い仲がいい。

私たちの時代は、戦後間もなく、いわゆる〝軍作業〟華やかな時代とあって、高校に進学するものはわずか三〇％ぐらいであったが、学業面で落ちこぼれる生徒はほとんどなく、向学心も強かった。糸満の街は発動機で電気を起こして電灯がついていたが、高嶺村の田舎に住んでいた私の所はランプ生活。深夜の二時三時まで一夜づけの試験勉強をすると、ランプのススを長時間吸うため鼻や顔が黒くなり、石油の匂いが服にしみついて大変困った。

入学当時はどの教科も教科書がなく、ガリ版刷りのパンフレットの小冊子のお粗末なものであった。やがて形の整った教科書が日本本土から入るようになったが、英語の辞典を持った生徒は学級五十名の中で一割くらいで、それのある連中がとても羨ましかった。闇貿易で本土に密航する商人をつてに手に入れたものらしかった。いまにして思えば、教科書や参考書に飢えた状態だったからこそ、学んだものがほとんど身についたのかも知れない。当時、私の目標は外語学校に入り、英語を勉強することだった。そして米軍の通訳になれば最高級の月給がもらえ、いろいろとうまいものや舶来の物資をPXから手に入れることができると考えたものである。当時、通訳は格好いい仕事だった。結果的には私は意図したコースを歩まなかったが、いま振り返ってみると、食べるものもなくておなかをすかし、着るものにも不自由をかこった生活面での苦しみは多かったが、戦火の中で生きのびたたくましさと明るさで、精神面は最もゆとりのある夢多いロマンの時代であったような気がする。

参考文献

「沖縄県の地名」　日本歴史地名大系48　平凡社　二〇〇二年十二月十日
沖縄「学童たちの疎開」　琉球新報社　一九九五年五月十五日

著者略歴

与儀喜裕（よぎ よしひろ）

沖縄県糸満市で生まれる。熊本県立人吉高等学校、糸満高等学校、琉球大学３年次中退、早稲田大学政治経済学部卒業。フルブライト留学生としてデンバー大学大学院修了、りゅうせき勤務、南西石油勤務、参議院議員大城真順秘書。

あヽ疎開船 命拾われ今ありて

二〇一八年一月三〇日 初版第一刷発行

著 者 与儀喜裕

発行所 新星出版株式会社

〒九〇〇-〇〇〇一

沖縄県那覇市港町二-十六-一

ＴＥＬ 〇九八-八六六-〇七四一

印刷所 新星出版株式会社

© Yoshihiro Yogi 2018 Printed in Japan

ISBN978-4-909366-01-6

定価はカバーに表示してあります。

万一、落丁・乱丁の場合はお取り替えいたします。